ALFRED GUILLON

AUX EAUX

SAYNÈTE EN UN ACTE

PRIX : UN FRANG

PARIS

LIBRAIRIE THÉATRALE

14, RUE DE GRAMMONT, 14

1886

AUX EAUX

SAYNÈTE EN UN ACTE

DU MÊME AUTEUR :

IMPRIMERIE GÉNÉRALE DE CHATILLON-SUR-SEINE. — A, PICHAT.

AUX EAUX

SAYNÈTE EN UN ACTE

PAR

ALFRED GUILLON

PARIS·

LIBRAIRIE THÉATRALE

14, RUE DE GRAMMONT, 14

—

1886

PERSONNAGES

ANATOLE POTIRON.
ANGÈLE, sa femme.
HENRI.
UN DOMESTIQUE.

La scène se passe à Canterets ou autre ville d'eaux.

———————

AUX EAUX

Salon d'attente d'un médecin. — Porte au fond, porte latérale à gauche; cheminée à gauche avec glace au-dessus.

UN DOMESTIQUE, entrant au fond et remettant un numéro d'ordre à Henri.

Monsieur le docteur consulte dans ce moment... vous avez le numéro 15; attendez votre tour, s'il vous plaît.

Le domestique sort.

HENRI.

Bien, j'attendrai. (Il pose son chapeau et ôte ses gants.) Depuis huit jours que je suis à Cauterets... pas occasion de nouer la plus petite intrigue... Malade pour rire... ou à peu près, j'aimerais assez une distraction pendant que je fais mes vingt-huit jours... de traitement: (Racontant.) Dès le lendemain de mon arrivée, comme d'usage, visite au docteur. (Prenant le ton d'un médecin consultant.) Légères granulations à la gorge... Cauterets bien indiqué pour vous... traitement : matin course à la « Raillère »... boisson : un demi-verre...

1

pas plus surtout... douche tempérée dix minutes... revenez me voir dans huit jours et me revoilà. (Indiquant la porte de gauche.) Il n'a personne dans son cabinet le docteur, mais je vais poser trois quarts d'heure tout de même, je connais le truc... ça fait bien, docteur très occupé, consciencieux. (Bâillant.) Ah! que je m'ennuie, je vais tomber malade.

LE DOMESTIQUE, introduisant Anatole Potiron et sa femme et remettant un numéro d'ordre.

Vous avez de la chance... le numéro 16 seulement.

ANATOLE.

Merci, mon ami. (Regardant le domestique qui sort.) Il a un beau domestique le docteur.

HENRI, à part, apercevant Angèle.

Ah! la jolie femme!

ANATOLE, apercevant Henri, et saluant.

Ah! monsieur le docteur, pardon, je ne vous avais pas aperçu... Nous venons ma femme et moi...

ANGÈLE, retenant son mari.

Mais, mon ami, je crois que monsieur n'est pas...

HENRI, à part.

Ah! quelle idée! (Haut.) Mais, monsieur, asseyez-vous donc, je suis tout à vous. (Indiquant un siège à Angèle, très gracieux.) Madame...

ANGÈLE, avec étonnement.

Alors monsieur, vous êtes le...

HENRI, vivement.

Parfaitement, parfaitement... Qu'éprouvez-vous, madame, ne me cachez rien ; des détails, beaucoup de détails.

ANGÈLE, un peu intimidée.

Ah ! vous voulez des détails...

HENRI.

Madame, le médecin est un confesseur... laïque et
obligatoire.

ANATOLE, à part.

Oui, mais pas gratuit.

ANGÈLE, à son mari.

Mon ami, si vous voulez commencer d'abord et ex-
pliquer à monsieur le docteur...

ANATOLE.

Très bien, monsieur le docteur, ma femme et moi
nous sommes assez souffrants; notre médecin de
Paris nous a du reste donné une lettre pour vous,
vous expliquant...

HENRI, à part.

Une lettre... Sapristi, c'est grave !

ANATOLE, donnant la lettre.

Tenez.

HENRI, se levant, lisant l'adresse.

« Monsieur le docteur » — « Cauterets » — (A part.)
Pas de nom... parfait, je peux la décacheter... je suis
docteur... en droit d'abord; la lettre est peut-être
pour moi, pourquoi pas? (Lisant l'adresse.) « Confiden-
tielle ». (Lisant.) « Cher confrère, je vous adresse M. et
madame Anatole Potiron; le mari 55 ans, un peu as-
thmatique, mais pas dangereusement malade; la
jeune femme 22 ans, sans maladie, mais s'ennuyant,
distraction nécessaire ! ! ! » (Parlant, à part.) Trois points
d'exclamation, fichtre ! (Lisant.) « C'est pour la changer
d'air seulement que je vous l'envoie, donc je compte

sur vous pour ne pas la rendre malade ». (Parlant, à part.) Eh bien, elle a de la chance alors de s'être adressée à moi qui ne pratique pas. (Lisant) « Votre dévoué confrère ». « Docteur Zanzibar ».

ANATOLE, inquiet, se levant.

Eh bien, docteur?

HENRI, d'un air grave.

Hum! hum!... Nous allons voir ça; déshabillez-vous.

ANATOLE, faisant le geste de se déshabiller entièrement.

Complètement?

ANGÈLE, effrayée et effarouchée, se levant.

Mon ami, y songez-vous!

HENRI.

Mais non, votre redingote seulement. (Regardant la porte de gauche avec inquiétude, à part.) Pourvu que le docteur ne vienne pas... je frémis à cette pensée. (Haut, vivement.) Si nous commencions par madame...?

ANGÈLE, se rasseyant.

Non, mon mari d'abord, j'aime mieux ça.

HENRI, s'adressant à Anatole, brusquement d'un ton bourru.

Allons! dépêchons-nous alors; je n'aime pas qu'on lambine, moi.

ANATOLE.

Voilà, voilà, docteur. (A part.) Ah! ces grands médecins sont d'une brusquerie...

HENRI.

Otez votre gilet; faut que j'écoute de très près. (Regardant Angèle, à part.) Je pose des jalons pour ma seconde consultation. (Puis faisant asseoir Anatole de côté sur une chaise, il lui tape des petits coups dans le dos vivement, sans

s'occuper de ce qu'il fait et l'ausculte sans écouter.) **Croisez les
bras... respirez fortement... bien... la poitrine maintenant ...**

ANATOLE.

Ah! la poitrine aussi...

HENRI.

Oui, faut que j'écoute de très près. (Regardant Angèle,
à part.) Je pose un second jalon.

Il écoute vivement sans attention.

ANATOLE.

Eh bien, docteur?

HENRI, brusquement.

Très mal... habillez-vous vivement, je suis pressé.
(Inquiet.) Pourvu que l'autre... le vrai n'arrive pas.

ANATOLE, très ému.

Très mal, docteur!... Qu'est-ce que je dois faire pour
cela?

HENRI, s'occupant d'Angèle.

Taisez-vous!... je vous le dirai tout à l'heure... habillez-vous et laissez-nous tranquilles. (A Angèle, très
galamment.) Si madame veut bien me permettre et me
dire ce qu'elle éprouve ..

ANGÈLE, s'asseyant près d'Henri.

Docteur, je ne sais pas trop ce que j'ai... c'est un
peu indéfini...

HENRI.

Très bien... je suis sur la trace.

ANATOLE, à part.

Déjà! faut-il qu'il soit fort!

HENRI.

Vous marchez bien?

1.]

ANGÈLE.

Oui.

HENRI.

Vous mangez bien?

ANGÈLE.

Oui.

HENRI.

Vous dormez bien?

ANGÈLE.

Oui.

HENRI.

Je vois ce que c'est; je vais vais vous faire suivre un traitement qui vous débarrassera de tout cela comme avec la main.

ANATOLE, pendant cette scène, s'est palpé de tous côtés, enfin très inquiet.

Comment! moi, je suis très mal, docteur, mais enfin il y a de l'espoir... quelle est ma maladie?...

HENRI, s'occupant toujours d'Angèle, répondant à la question d'Anatole sans se déranger.

Une gastrito-galvaniso.

ANATOLE, tremblant.

Galvani!... Ah! mais c'est horrible, docteur.

HENRI, brusquement.

Taisez-vous, je ne m'occupe pas de vous dans ce moment. (Changeant de ton, galamment à Angèle.) Si madame veut bien ôter son manteau... son chapeau...

ANGÈLE.

Ah! il faut ôter mon...

HENRI.

Indispensable, madame.

ANATOLE.

Mais oui, ma chérie, monsieur le docteur veut voir de près.

HENRI, à part.

Taille charmante!... jolis yeux!... (Indiquant une chaise près de lui.) Asseyez-vous, madame, et donnez-moi votre main.

ANGÈLE, se dégantant.

Voilà, docteur.

HENRI, lui tenant la main, la caressant et la tapotant. — A part.

Quelle peau!... du satin!... (Haut.) Bonne peau, très bonne peau, je suis très content de cette peau-là, moi.

Angèle retire sa main, un peu inquiète.

ANGÈLE.

Ah! vous êtes content de....

HENRI.

Enchanté, madame, enchanté.

ANATOLE.

Alors pour moi, docteur, vous n'êtes pas content de ma peau?

HENRI.

Oh! pas du tout, du tout.

ANATOL, inquiet.

Vous préférez celle de ma femme, je le vois bien, docteur.

HENRI, se levant.

Allons, maintenant que j'écoute la respiration...

ANGÈLE.

Ah! vous... vous voulez écouter...

HENRI.

Indispensable, madame, indispensable. (Inquiet, à part.) Mon Dieu! pourvu que le docteur n'arrive pas.

ANATOLE, toujours effrayé, à part.

Gastrito, galvaniso! si elle n'était pas galvaniso seulement, mais galvaniso c'est horrible!

HENRI, installant Angèle de côté sur la chaise, à part.

Quel joli cou! Ah! mais je ne m'ennuie plus du tout. (Auscultant et tapotant des petits coups dans le dos.) Croisez les bras... respirez fortement... (Il a l'oreille collée au dos d'Angèle, le visage tourné du côté du public, à part.) Ah! comme on est bien ici... Si j'avais plus de temps à moi, je prolongerais la séance, mais...

ANGÈLE.

Eh bien! docteur?

HENRI.

Très bien... tout est à sa place... Ah! voyons cependant, le cœur... Permettez, madame...

ANGÈLE, résistant légèrement.

Mais je ne souffre pas du tout de...

ANATOLE.

Mais enfin ma bonne amie, le docteur veut savoir si tout est à sa place : faut être raisonnable.

HENRI, vivement.

Vous ne souffrez pas, madame!... raison de plus. C'est quand on ne sent rien du tout que souvent on est le plus mal... Ainsi je me souviens d'une malade qui... Ah! mais non, je n'ai pas le temps de vous raconter, je suis très pressé aujourd'hui, très pressé. (A part.) Pourvu qu'il n'arrive pas mon... collègue. (Mettant son oreille pour écouter le cœur, le visage toujours vis-à-vis du public, haut.) Respirez fortement... très bien... (A part.) Mais sapristi ! je resterai bien là à faire mes 28 jours... c'est malheureux que je sois si pressé... sans ce docteur de... Damoclès !

ANGÈLE, se levant.

Alors vous ne voyez rien de grave ?

HENRI.

Non, rien. (A part.) Ah ! mais je ne m'ennuie plus du tout, et quand je pense qu'il y a des gens qui font cela toute la journée... et de plus on leur donne dix francs à chaque fois ; ah ! ça, c'est immoral... moi je suis décidé à ne jamais accepter d'argent.

ANGÈLE.

Bien sûr, docteur, vous ne voyez rien de sérieux ?

HENRI.

Absolument rien... à la condition toutefois de suivre mon traitement à la lettre. (Bas à Angèle, à part, indiquant Anatole.) Surtout pour lui... pauvre homme !

ANATOLE, inquiet.

Etes-vous sûr, docteur, qu'elle soit galvanisé ?

HENRI.

Si j'en suis sûr ! Il n'y a pas de doute là-dessus, c'est une maladie toute nouvelle qu'un de nos plus illustres confrères a eu l'honneur de découvrir ; et grâce à des essais nombreux il est parvenu à l'acclimater en France... mais tranquillisez-vous, je vous sauverai.

ANATOLE, joyeux.

Ah ! docteur, quelle parole ! Que faut-il faire ?

HENRI, vivement, sans savoir ce qu'il dit.

Rien.

ANATOLE.

Comment rien?

HENRI.

C'est-à-dire rien... rien de ce que je vous défendrai.

ANATOLE.

Voyons le traitement.

HENRI.

A quel hôtel êtes-vous descendu?

ANATOLE.

Hôtel Continental, chambre n° 37.

HENRI, à part.

Bien, je suis à l'hôtel d'Angleterre, je déménage immédiatement. (Haut, montrant Angèle.) Et madame, quel numéro de chambre?

ANGÈLE, avec timidité.

Mais le même...; mon mari et moi nous...

HENRI, sautant avec indignation.

Le même! votre mari et vous... mais je ne le veux pas, mais je m'y oppose... Ah! il était temps de consulter. Dorénavant, chambre à part... absolument nécessaire... (Regardant Anatole avec compassion.) Pauvre homme!

ANGÈLE, à son mari.

Ah! qu'est-ce que je vous disais Anatole... Si vous m'aviez cru...

ANATOLE, accablé, haut, résigné.

Bien docteur, c'est entendu... après?

HENRI.

Levé chaque matin à six heures... douche d'eau glacée... le plus glacée possible.

ANATOLE, grelottant.

Brououou...

HENRI, d'un ton brusque.

Vous dites?

ANATOLE, résigné.

Je... je ne dis rien, docteur.

HENRI, continuant, vivement.

Course à pied à « la Raillère... » gargarisme... un demi-verre d'eau, pas plus, ça pourrait avoir les conséquences les plus graves... ensuite source « Mahoura » un verre trois quarts, pas moins... ça pourrait avoir les conséquences les plus graves... retour à l'hôtel : déjeuner ; un œuf à la coque... peu cuit... cresson... jamais de vin ni d'épice... pas d'excitant.

ANATOLE.

Ah! mais je suis donc décidément bien malade, docteur?...

HENRI, furieux.

Taisez-vous... Immédiatement... après le déjeuner retour à pied à « la Raillère... » il faut fatiguer la bête.

ANATOLE.

Quelle bête?

ANGÈLE.

Mais vous mon ami... puisque c'est vous qui êtes malade...

ANATOLE, accablé.

Ah! oui, c'est juste en effet, puisque c'est moi qui le suis...

HENRI, à part.

Ça, c'est probable. « Il l'est... le fut... ou le doit être. » (A part, regardant Angèle.) Elle est décidément adorable ! (Haut, à Anatole.) dîner : un œuf à la coque pas cuit du tout celui-là... cresson à discrétion.

ANATOLE.

Mais...

HENRI.

Taisez-vous !... Je suis pressé... très pressé, (Inquiet, regardant la porte, à part.) je crois même qu'il serait temps de lever la séance, je frémis à la pensée que...

ANGÈLE.

Et moi, docteur, est-ce que je dois suivre un régime semblable ?

HENRI, reprenant son air aimable.

Vous madame, le contraire, complètement le contraire : lever à onze heures... viande saignante... Bordeaux, Bourgogne, Champagne,...

ANGÈLE, riant.

Et... quels eaux, docteur ?

HENRI, vivement.

Jamais d'eau.

ANGÈLE.

Comment... mais alors, il est inutile que je vienne ici pour...

HENRI, se reprenant.

Ah ! les eaux... oui, très bien, très bien. (A part.) Sapristi, j'oubliais d'en ordonner : (Haut.) un demi-verre source « César » entre le déjeuner et le dîner... quand vous n'aurez pas d'autres choses à faire et gargarisme à volonté... (A part.) Je pense que mon collègue Zanzibar sera satisfait...

ANGÈLE, souriant.

Rien de plus, docteur, et vous n'êtes pas inquiet ?

HENRI.

Nullement, madame.

Angèle, pendant cette scène et la suivante, s'habille devant la glace.

ANATOLE, toujours inquiet et après s'être tâté le pouls pendant toute la scène précédente et s'être regardé la langue dans la glace, à part.

Qui aurait cru que j'avais une galvani... et quand je pense que sans ce célèbre médecin qui est parvenu à l'acclimater en France je... (Avec colère.) Qui sait, on l'a peut-être décoré pour cela! (Changeant de ton, haut à Henri.) Et quand faudra-t-il revenir, docteur?

HENRI, vivement.

Revenir ici... jamais... je vous le défends... Ne revenez jamais... ça pourrait avoir les conséquences les plus graves pour vous.

ANATOLE, reculant épouvanté devant Henri.

Comment, ça pourrait avoir les conséquences les plus...(Très inquiet.) Enfin, docteur, vous me sauverez... vous l'avez dit, vous l'avez juré...

HENRI.

Oui, je vous sauverai... je l'ai juré. (Vivement.) Mais jurez-moi vous aussi de ne jamais remettre les pieds dans cette maison.

ANGÈLE, à part.

Pourquoi ne veut-il pas que... Qu'est-ce que ça veut dire?

ANATOLE, à part.

Ces grands médecins ont des idées étonnantes quelquefois. (Haut.) Cependant pour le traitement, je...

HENRI, vivement.

Votre cas m'intéresse au plus haut degré... je ne vous quitte pas... Je m'installe près de vous à l'hôtel continental, et avec madame... si vous êtes sage; nous vous sauverons.

ANATOLE, lui serrant la main.

Ah! que de bontés, docteur... Je suis si malade... je me sens des douleurs atroces dans le dos.

HENRI.

Oui, c'est bien ça les symptômes.

ANATOLE, de plus en plus inquiet.

Ah! ce sont là les symptômes... De plus, docteur, depuis quelques instants, je sens mes jambes qui flageolent.

HENRI.

Oui, oui, c'est bien ça... troisième période... Ça se promène... c'est encore heureux que ça ne vous remonte pas dans le nez.

ANATOLE.

Dans le nez! Ça peut me remonter dans le nez!

ANGÈLE, arrangeant son chapeau dans la glace.

Ah! mon Dieu!

HENRI.

Ah! si on ne l'arrête pas au passage, c'est certain... il suffit d'empêcher la quatrième période qui serait la dernière, hélas!

ANATOLE, vivement.

Ah! arrêtez-la au passage, docteur

HENRI.

Vous devez avoir aussi des éblouissements?

ANATOLE, s'écoutant.

Des éblouissements?... (Joyeux.) Non, non, docteur,
je ne crois pas.

HENRI, d'un air grave.

Tant pis, tant pis... c'est fâcheux...

ANATOLE.

C'est fâcheux .. Ah! mon Dieu!

ANGÈLE.

Allons, rassurez-vous, mon ami, M. le docteur ré-
pond de vous.

Elle s'installe devant la glace à sa toilette.

HENRI.

Oui... s'il n'est pas trop tard... (A Anatole.) Ça ne sera
pas, j'espère, comme mon dernier malade [qui était
venu me consulter quand déjà la narine gauche était
prise... six mois après, son nez avait allongé de trois
centimètres.

ANATOLE.

Trois centimètres!

HENRI.

Ça se comprend facilement... à cause des élance-
ments perpétuels en avant... les fibres se tendent... et
forcément l'organe nasal allonge. (Changeant de ton.)
C'est bien fâcheux pour la science, allez, qu'il n'ait
pas vécu trois mois de plus, nous aurions eu un spé-
cimen de nez des plus remarquables... Du reste, je l'ai

conservé dans un bocal... je vous le montrerai... ça vous fera plaisir.

ANATOLE, tâtant son nez avec effroi.

Dans un bocal!

HENRI.

Oui, il avait été très gentil pour moi; il me l'avait légué par testament... les héritiers ont bien essayé de me le reprendre... il y a eu procès... il a fallu déposer l'objet à la caisse des dépôts et consignations... Enfin maintenant, j'en suis bien légitimement possesseur.

ANATOLE, très ému.

Docteur, je ne me sens pas très bien.

HENRI, continuant, à part, à Anatole affectant l'hésitation.

Je ne voudrais rien dire qui pût vous influencer en ma faveur... mais enfin cependant... si un cas analogue... j'espère que vous voudrez bien penser à moi, vous aussi.

ANATOLE, tenant son nez, au comble de l'effroi et protestant.

Dans un bocal!... jamais... jamais... (Se regardant dans la glace.) On dirait qu'il aurait allongé.

HENRI, à part, riant.

Décidément il est complet.

ANGÈLE.

Vous le sauverez, docteur. (A part, bas à Henri.) Mais cachons-lui son état, l'inquiétude pourrait lui faire tant de mal; vous m'aiderez à le tromper, docteur.

HENRI, vivement et avec galanterie.

Mais comment donc, madame, avec le plus grand plaisir.

LE DOMESTIQUE, paraissant à gauche.

On demande le n° 15.

HENRI, à part.

Ah! patatras, tout est perdu.

ANATOLE.

Qu'est-ce que c'est que le n° 15?

HENRI, au domestique vivement, scène très mouvementée.

C'est bien, c'est bien, allez... (Le domestique sort, Henri prenant son chapeau.) Partons, partons, il faut commencer le traitement de suite... autrement ça pourrait avoir les conséquences les plus graves.

ANATOLE.

Vraiment... mais qu'est-ce que c'est que le n° 15?

HENRI, vivement.

Partons vite, je vous dis... je vous expliquerai ça en sortant... je suis pressé... c'est mon domestique... je vous expliquerai ça en sortant...

Il coiffe Anatole de son chapeau et le bouscule pour sortir.

ANGÈLE, à part.

Quel drôle de docteur... mais il est gentil tout de même... Ah! moi, je crois que c'est un grand médecin, car je me sens déjà beaucoup mieux et le traitement est à peine commencé!...

ANATOLE, inquiet.

Ah! docteur, promettez-moi de me faire... revenir à la santé.

HENRI, inquiet, regardant la porte par laquelle le domestique est sorti.

Mais allez donc... je suis pressé... très pressé.

ANGÈLE, à son mari.

Venez, mon ami... ne vous agitez pas.

ANATOLE, serrant la main à Henri.

Ah! docteur... encore une fois, promettez-moi de me faire...

HENRI.

Je vous le promets... allons, là... êtes-vous content ? (Il le pousse à la porte et revient offrir galamment son bras à Angèle.) Madame... (Ils sortent en courant au moment où le domestique ouvre la porte de gauche, à part.) Ouf, il était temps.

LE DOMESTIQUE, à la porte de gauche, avec impatience et mauvaise humeur.

On demande le n° 15... (S'apercevant qu'il n'y a personne.) Comment, plus rien ! (Allant à la porte du fond.) Le n° 15 est parti ! et il emmène le n° 10 !... Ah ! je le disais bien au docteur qu'il les faisait poser trop longtemps !!...

La toile tombe.

FIN

Imprimerie générale de Châtillon-sur-Seine. — A. Pichat.

A LA MÊME LIBRAIRIE :

IMPRIMERIE GÉNÉRALE DE CHATILLON-SUR-SEINE. — A. PICHAT.

www.ingramcontent.com/pod-product-compliance
Lightning Source LLC
Chambersburg PA
CBHW070909200626
46818CB00006BA/2454